Escrita por Vincent Guillaume
Traducida por Marta Sánchez Hidalgo

El retrato de Dorian Gray

de Oscar Wilde

Entiende fácilmente la literatura con

Resumen
Express.com

www.resumenexpress.com

OSCAR WILDE

ESCRITOR DE NOVELAS Y CUENTOS, POETA, DRAMATURGO Y ENSAYISTA IRLANDÉS

- **Nacido en 1854 en Dublín (Irlanda)**
- **Fallecido en 1900 en París (París)**
- **Algunas de sus obras:**
  - *El alma del hombre bajo el socialismo* (1891), ensayo
  - *Salomé* (1893), obra de teatro
  - *La importancia de llamarse Ernesto* (1895), obra de teatro

Nacido en 1854, Oscar Wilde es un escritor de origen irlandés que pasó gran parte de su vida en Londres. Se convirtió, sin dudas, en el autor más representativo del «final de siglo» en el mundo anglófono. Seguidor del decadentismo y del esteticismo, no admite que nada interfiera con el arte y la belleza.

Sus maneras de dandi exuberante y su inconformismo chocan, y causaba una violenta impresión en las personas. En 1895 se le condena a dos años de trabajos forzados en la cárcel de Reading por actos de homosexualidad. Una vez purgada su pena, se exilia en París donde muere en la miseria en 1900. Sus obras más conocidas son *El retrato de Dorian Gray* (1890-1891) y la obra de teatro *La importancia de llamarse Ernesto* (1895).

EL RETRATO DE DORIAN GRAY

LA IMAGEN DE UN DANDI IRLANDÉS

- **Género:** novela
- **Edición de referencia:** Wilde, Oscar. 2003. *El retrato de Dorian Gray*. Traducido por Beatriz Torreblanca. Madrid: Valdemar
- **Primera edición:** 1890
- **Temática:** vejez, belleza, imagen, inmoralidad, arte, literatura, juventud

El retrato de Dorian Gray, publicado inicialmente en el *Lippincott's Monthly Magazine* en 1890, revisado y configurado en 1891, es la única novela de Wilde. Cuenta la historia de un joven de belleza cautivadora que tiene el deseo de poder conservar encanto y juventud toda su vida. Inexplicablemente, su deseo se cumple y el retrato que un amigo le pinta se desfigura en su lugar con las señales de la vejez y de los placeres decadentes a los que se lanza en cuerpo y alma.

El tema clave de *El retrato de Dorian Gray* es la emancipación, la misma que Wilde preconiza, del arte en relación con la moral. La novela provoca un escándalo cuando aparece por la manera en que describe los excesos que comete su protagonista, sin que el autor condene abiertamente su inmoralidad.

RESUMEN

PREFACIO

Wilde muestra sus convicciones artísticas llevando el arte al concepto de belleza en sentido amplio y rechazando toda imposición moral o utilitaria.

CAPÍTULO I

Lord Henry Wotton visita al pintor Basil Hallward y admira el retrato de un joven de extraordinaria belleza: Dorian Gray. Basil rechaza exponerlo porque ha puesto verdaderamente toda su alma en él. Cuando Dorian Gray llega al estudio, Lord Henry le pide que se lo presente, aunque Basil no lo apruebe y le implora que no le corrompa con su nefasta influencia.

CAPÍTULO II

Lord Henry le da conversación a Dorian mientras posa para Basil. Lo exhorta a disfrutar de su juventud y de su belleza antes de que desaparezcan. A Dorian le desconciertan estas palabras. Una vez terminado el retrato, tiene una revelación delante del cuadro, «como si se hubiese reconocido a sí mismo por primera vez». Abrumado por la idea de perder su belleza y sabiendo que su retrato nunca cambiará, desea que el orden de las cosas se invierta.

CAPÍTULO III

Lord Henry va a casa de su tío para tener referencias sobre la familia de Dorian. Decide convertirse en una influencia para Dorian al igual que él lo es para Basil.

CAPÍTULO IV

Dorian le cuenta a Lord Henry cómo conoció al amor de su vida, la actriz Sibyl Vane. A Lord Henry le fascina la fogosidad de Dorian. Más tarde, recibe un telegrama que le anuncia que éste último se ha comprometido con Sibyl.

CAPÍTULO V

Este capítulo presenta a Sibyl, que está locamente enamorada de Dorian, y a su madre y su hermano pequeño James, que se preocupa por su hermana. Su relación con este desconocido (al que llama «Príncipe Encantador») no le convence.

CAPÍTULO VI-VII

Dorian, Lord Henry y Basil quedan para ir al teatro. En el escenario Sibyl actúa muy mal; Dorian está destrozado. Después de la obra, ella le anuncia con malicia que ha dejado el teatro, el único universo que ha conocido, para entregarse a él porque le ha abierto los ojos a una realidad mucho más bella. Sin embargo, Dorian la quería sólo por su talento, su amor le deja helado. Disgustado, le manifiesta toda su indiferencia y la deja.

Dorian, que vuelve al alba, se da cuenta de que su retrato tiene una sonrisa ligeramente cruel. Se acuerda de su deseo y comprende que está delante de su propia conciencia. Su expresión propia no ha cambiado. Lleno de compasión por su retrato, jura que nunca más pecará.

CAPÍTULO VIII

Al día siguiente, escribe a Sibyl para pedirle disculpas. Una vez hecho, se siente perdonado. Lord Henry llega y le cuenta que Sibyl se ha suicidado por amor. Dorian teme que el drama no le afecte tanto como querría. Lejos de tranquilizarle, Lord Henry le anima a ver la belleza de esta muerte. Dorian se siente reconfortado y revelado a sí mismo. Cambia de opinión en cuanto al retrato: al final será el que cargue con el peso de sus pasiones.

CAPÍTULO IX

Basil pide ver el retrato y menciona su proyecto de exponerlo. Dorian está aterrado. Le confiesa que tiene un secreto y le propone revelárselo si Basil le explica por qué inicialmente no quería exponer el cuadro.

Éste le confiesa la idolatría que siente por él y que creía que se veía en su cuadro; en ese momento cree que esa idea es estúpida. Dorian, aliviado, le confiesa que en efecto ha visto «algo» en el retrato, pero sigue negándose a mostrarlo.

CAPÍTULO X

Dorian empieza a volverse paranoico con los que se acercan al cuadro tapado. Lo esconde en una antigua sala de estudio en lo alto de la casa. Luego pasa gran parte de la noche leyendo un libro extraño y fascinante que Lord Henry le ha enviado.

CAPÍTULO XI

Dorian está bajo la influencia de este libro durante varios años. Lleva una vida doble, decente en apariencia, pero secretamente promiscua y experimenta placeres exóticos y decadentes. Pero también siente un miedo latente a que se pueda descubrir su secreto. Además, corren rumores escandalosos sobre él, pero, por suerte, su fortuna y su encanto lo protegen.

CAPÍTULOS XII-XIV

Dorian tiene 38 años. Una noche se encuentra a Basil y se ve obligado a invitarlo a su casa. Este le cuenta los terribles rumores que corren sobre él y concluye que, para conocerle de verdad, debería primero ver su alma. Dorian, fuera de sí, le toma la palabra y lo lleva a ver el cuadro. Basil se da cuenta entonces de lo que ha pasado. Al ver el cuadro, Dorian siente un repentino e incontrolable odio hacia el pintor. Le asesina brutalmente con un cuchillo.

Al día siguiente, Dorian se mantiene ocupado intentando olvidar su crimen y se pone más y más nervioso hasta que llega su antiguo amigo Alan Campbell, un químico. Le pide que haga desaparecer el cuerpo de Basil.

CAPÍTULOS XV-XVI

La noche siguiente, Lord Henry le pregunta a Dorian qué ha hecho la noche anterior y éste se pone nervioso. Regresa a su casa, quema las cosas de Basil y decide irse a un fumadero de opio.

Cuando sale, una mujer le llama «Príncipe Encantador» lo que alerta a James Vane, que dormitaba en un rincón. Este último agrede a Dorian en la calle, le informa de que es el hermano de Sibyl y de que lo va a matar. Dorian le pide que le analice a la luz de una farola y al ver que parece que tiene apenas unos 20 años, James cree que se ha equivocado y le deja irse.

CAPÍTULOS XVII-XVIII

Dorian se siente perseguido. Aunque sea consciente de que su miedo al castigo es irracional, la idea de no poder escapar de los tormentos de su conciencia le aterroriza. Ve en la muerte accidental de un ojeador en una cacería un mal presagio que anuncia su fin cercano. Más tarde, se entera de que no se ha podido identificar al ojeador y que llevaba encima un revólver. Dorian va inmediatamente a ver el cuerpo y reconoce a James Vane. Siente tal alivio que llora.

CAPÍTULOS XIX-XX

Dorian le cuenta a Lord Henry que ha decidido cambiar, que ha hecho muchas cosas horribles en su vida. Pero, según Lord Henry, Dorian nunca conseguirá cambiar. Justo antes de llegar a su casa, Dorian, indeciso, quiere confesarle algo a Lord Henry (probablemente algo relacionado con la muerte de Basil), pero acaba desistiendo.

Ya en su casa, Dorian piensa con nostalgia en su inocencia

de antaño. Prefería la purificación de cada uno de sus pecados al deterioro de su retrato. Decide volverse bueno. Por curiosidad sube a inspeccionar el retrato para ver si la buena acción que ha realizado hace poco ha aportado un cambio. Pero el cuadro sigue siendo espantoso; hasta le parece detectar una expresión hipócrita.

Como no puede soportar las acusaciones que lanzan sobre él, Dorian intenta destruir su retrato a cuchilladas para conseguir la paz. Sus criados se despiertan con un grito horrible; poco después encuentran el cuadro intacto que se ha vuelto normal, así como a su señor muerto, apuñalado en el pecho, lleno de arrugas y repulsivo.

ESTUDIO DE LOS PERSONAJES

DORIAN GRAY

Es hijo de Lady Margaret Devereux, una aristócrata de una belleza sublime, y de un soldado subalterno desconocido. Aunque pronto queda huérfano, sigue viviendo en la residencia familiar, una casa ricamente decorada, llena de sirvientes y con un ama de llaves.

Dorian, con un encanto particular, provoca fascinación en sus amigos Basil y Lord Henry. Evoluciona radicalmente a lo largo del relato, sobre todo por la influencia de este último:

- Dorian se presenta al principio como un joven cándido, casi infantil, espontáneo aunque tímido, y con una vitalidad alegre;
- pronto adopta las maneras de un dandi desengañado, cínico, egocéntrico e inmoral, que vive para el arte y no siente ninguna simpatía real por los jóvenes (por ejemplo, prefiere el papel de Sibyl a la Sybil verdadera). Su compasión puede ser profunda, pero siempre es fugaz porque para él se trata sólo de aprovechar de lo que es bello en una persona (por ejemplo, su lado trágico) hasta que le deje de interesar.

Mientras busca mantener viva su sensibilidad artística en placeres refinados y prohibidos (incluidas la droga y la lujuria, a veces por relaciones homosexuales, como Wilde lo deja entender), el alma de Dorian se envilece. Conserva todo su encanto por el deseo que pide (Wilde 2003, cap. II) pero su retrato se degrada en su lugar.

Sin embargo, Dorian está lúcido desde el principio al final: rápidamente se da cuenta de que el cinismo de Lord Henry es aterrador y venenoso, pero lo encuentra demasiado fascinante como para resistirse; comprende casi de inmediato que su retrato refleja su conciencia, pero decide disfrutar de este telón de fondo; jura dos veces que se volverá bueno (Wilde 2003, cap. VII y XIX), pero se percata rápidamente de que no lo conseguirá, que sería oponerse a su naturaleza.

Aunque aprecie su doble vida en la que su encanto imperecedero le protege de los rumores cada vez más escandalosos que corren sobre él, su secreto le pesa: se vuelve más y más paranoico (sobre todo después de haber matado a Basil) y atormentado por una gran culpabilidad. No obstante, el final del texto reestructurado por Wilde en 1891 hace más explícito el hecho de que Dorian no tiene remordimientos; no puede soportar las acusaciones de su conciencia y lo único que quiere es tener paz.

LORD HENRY «HARRY» WOTTON

Lord Henry, el dandi por excelencia (ir al capítulo 3), es un modelo de inmoralidad. Refinado, cínico, que hace de los placeres promiscuos y escandalosos un arte de vivir. Suele expresar su visión del mundo con aforismos y discursos improvisados (puede que más para parecerlo que por verdadera convicción, porque dice que olvida sistemáticamente sus propias palabras). Maravilla a Dorian con su labia y sus ideas embriagadoras y, consciente de su influencia, lo inicia en su modo de vida.

Lord Henry mantiene cierta franqueza porque no esconde sus vicios ni sus verdaderas motivaciones, que hacen que tanto su orgullo personal como su reputación sean terriblemente encantadores.

Para él, el arte y los placeres de los sentidos lo son todo. La belleza es esencial, hasta el punto que dice que encuentra fútil no juzgar a una persona por su apariencia. Apático y superficial, promiscuo en sus intereses, disfruta del presente y de sus amigos sin apegarse verdaderamente y sin preocuparse por el pasado. Están juntos hasta el final porque, sin duda, Dorian es para él también una inagotable fuente de fascinación: lo considera una de las «obras de arte» de la vida (Wilde 2003, cap. IV).

BASIL HALLWARD

Pintor dotado, pero que sólo llega a la cumbre de su arte en presencia de Dorian, está, según lo que se dice, fascinado por la belleza y la personalidad de éste. Dorian se ha convertido para Basil, desde el momento en el que lo conoció, en todo su arte: un ideal artístico desconocido pero universal parece encarnarse en él. En un momento particularmente inspirado, Basil realiza el retrato de Dorian Gray.

Basil es un alma conservadora con los valores burgueses tradicionales de la bondad y la caridad. La influencia inmoral de Lord Henry (su amigo de Oxford) en Dorian que le presiona desde el principio es para él una catástrofe: al pervertir esta «naturaleza sencilla y bella» (Wilde 2003, cap. I), se arriesga a destruir lo que hace que Dorian sea único a sus ojos. El interés que le produce tiene un lado egoísta latente, lo que Dorian le reprocha de entrada, acusándole de no basar su amistad sólo en su belleza y su juventud, porque en el momento en el que envejezca se acabará.

Al principio rechaza exponer sus retratos de Dorian por miedo a que la veneración que siente por él no se vislumbre y a que la gente descubra la intimidad de su alma, pero acaba pensando que esta idea es estúpida. Después de que Dorian se distancie de él, empieza a pensar que el arte esconde al artista más que mostrarlo, lo que recoge uno de los puntos del prefacio.

SIBYL VANE

Joven y pobre, es actriz shakesperiana en un teatro sórdido (interpreta el papel de Julieta cuando Dorian la ve por primera vez). Su belleza conmueve a Dorian, al que llama «Príncipe Encantador». Sin embargo, para él ella es la suma de los personajes de Shakespeare que interpreta en el escenario, pero nunca Sibyl Vaine.

Sibyl es más que inocente, es consciente del efecto que produce en los hombres. No tiene ninguna experiencia de la vida y ha heredado de su madre (que parece que vive en una obra de teatro permanente) concepciones llenas de clichés. Sibyl no tiene mucha personalidad; todavía es una niña un poco ingenua que vive en las historias maravillosas que interpreta.

Después de conocer a Dorian, sueña con abandonar el artificio del teatro para vivir una verdadera pasión, pero entonces aparece claramente que la idea que tenía venía de las historias de las obras y las intentó hacer realidad.

JAMES VANE

Hermano de Sibyl, trabaja de marino y es un hombre rudo y poco locuaz. Aunque no parece muy vivo, es el único realista de la familia. Como odia a los aristócratas, promete que matará a Dorian si le hace daño a su hermana. El padre de James, un aristócrata, nunca se ha casado con su mujer; este odio viene del «instinto de su raza» proletaria (Wilde 2003, cap. V).

CLAVES DE LECTURA

LA BELLEZA INMORAL

En estos párrafos, se establece un paralelismo entre *El retrato de Dorian Gray* y dos movimientos a los que Wilde pertenece por su clara separación del arte y la moral, hasta tal punto que podemos interpretar el declive y la muerte de Dorian como la continuación de una «herejía» (Mighall 2003, XXV): la de haberle dado un significado moral a su retrato volviendo espantoso una bella obra de arte al asociarlo a su conciencia.

EL DECADENTISMO

El fin del siglo XIX se considera el fin de una época. Una reacción en masa rechaza lo que se abandona: se rechaza la moral y los valores estéticos tradicionales, como Lord Henry, que expone sus ideas a lo largo de la novela, y se lanza en cuerpo y alma a los placeres prohibidos y exóticos.

Esta actitud es la típica de un movimiento artístico –el decadentismo–, caracterizado por el humor, la provocación, la licencia y el atrevimiento con una desesperanza por la incertidumbre ante el futuro. El dandi, que se encuentra tanto en los autores (Wilde mismo) como en los personajes (Lord Henry, Dorian Gray), personifica este estado de ánimo:

- esteta de un género nuevo;
- cínico ante la moral y sus clichés;
- con un modo de vida considerado poco conveniente,

incluso escandaloso; el encanto venenoso de un dandi puede permitirle brillar en la alta sociedad (o al menos en ciertos ambientes);

- el sentimiento de aburrimiento, languidez causada por sus orgías de placeres efímeros muy sofisticados y por el sentimiento de no poder encontrar otros nuevos.

El retrato de Dorian Gray está muy impregnado de esta decadencia, que aparece sobre todo en:

- los discursos inmorales de Lord Henry que preconiza un «nuevo hedonismo» (Wilde 2003, cap. II, Dorian retoma esta idea en el capítulo XI al asociar el rechazo tradicional de la felicidad sensual a un desperdicio, herencia de una moral hipócrita);
- la doble vida de Dorian;
- y, sobre todo, las bellezas envenenadas a las que entrega. Por un lado son los placeres excéntricos: la enumeración en el capítulo XI de sus gustos en perfume, música, joyas, etc. recuerda al antihéroe de Esseintes de la novela *A contrapelo* (1884), del escritor francés Joris-Karl Huysmans (1848-1908). Este libro, una especie de manifiesto del decadentismo, es probablemente el que Lord Henry entrega a Dorian en el capítulo X, según una idea difundida y en general aprobada en las publicaciones de *El retrato de Dorian Gray* y que se basa principalmente en la estima que Wilde le tenía a esta obra. Por otra parte, se trata de placeres prohibidos: por ejemplo, Basil menciona en el capítulo XII el final trágico de la amistad de Dorian con los hombres.

EL ESTETICISMO

La consigna del esteticismo, otro movimiento artístico (muy cercano al decadentismo) con el que se puede relacionar a Wilde, es sin duda «el arte por el arte». La obra tiene que ser completamente autónoma, porque la belleza está por encima de todo, principalmente de la moral y de la utilidad didáctica que las convenciones de la época tenían tendencia a exigir en una obra.

No hay nada de moral ni didáctico en el esteticismo. El arte como refinamiento está incluso elevado a un rango superior al de la naturaleza propia (en los decadentes esto se traduce en una atracción por el artificio que también se encuentra en Dorian).

La búsqueda de la belleza por sí misma se refleja en el comportamiento de Dorian, que no recula ante nada en su búsqueda de nuevas sensaciones y que llega a juzgar a la gente (como a Sibyl) únicamente desde un punto de vista artístico. Pero, sorprendentemente, «el arte por el arte» también parece ser parte de la filosofía de Basil: en el capítulo I lamenta que el mundo sólo vea en el arte una especie de autobiografía y haya «perdido el sentido abstracto de la belleza». Y, desde luego, el prefacio de la novela proclama con gran fuerza la autonomía del arte.

UNA NOVELA GÓTICA

El retrato de Dorian Gray es un ejemplo tardío de obra que se relaciona con el género gótico. Este género, que existe desde mediados del siglo XVIII y cuyos relatos principales son *Frankenstein* (1818) de Mary Shelley (autora inglesa, 1797-1851), *El extraño caso del Dr. Jekyll y Mr. Hyde* (1886) de Robert Louis Stevenson (escritor escocés, 1850-1894) y las obras de Edgar Allan Poe (escritor americano, 1809-1849), se caracteriza por:

* un clima de horror: el asesinato perpetrado por Dorian, la muerte de James Vane;
* una atmósfera siniestra e inquietante a la que se adecuan perfectamente los barrios bajos de Londres a finales del siglo XIX: véanse algunos pasajes, en particular en el capítulo XVI que relata la visita de Dorian al fumadero (por ejemplo «La mayoría de las ventanas estaban oscuras, pero aquí y allá se perfilaban fantásticas sombras tras las persianas iluminadas [...] se agitaban como monstruosas marionetas [...]»);
* sucesos sobrenaturales: el envejecimiento del cuadro en lugar de Dorian;
* una fascinación por los misterios irracionales del espíritu humano: el tema de la doble personalidad (como *El extraño caso del Dr. Jekyll y Mr. Hyde*), igualmente asociado a Dorian y a su retrato, o los terrores paranoicos de Dorian, sobre todo después de cometer el crimen.

LAS CREENCIAS CIENTÍFICAS

En *El retrato de Dorian Gray* encontramos alusiones a concepciones científicas típicas de la época. Lejos de haber vendido su alma al diablo, Dorian intenta brevemente, por ejemplo, resolver el misterio de las transformaciones de su retrato haciendo conjeturas sobre una influencia de su pensamiento (incluso una vibración «al unísono» de los átomos, capítulo VIII) en una materia inerte antes de desinteresarse en la cuestión.

La fisonomía era una pseudociencia de moda en el siglo XIX según la cual el estudio del aspecto físico (en particular del rostro) de una persona permitía determinar su personalidad. Esta idea es el centro del relato: si el retrato se degrada y adopta expresiones con muecas y maliciosas en lugar de Dorian, que conserva todo su encanto, es por la vida cada vez más licenciosa y por la hipocresía de este último. Sin embargo, en cierto sentido, Wilde vuelve la fisionomía insignificante, puesto que no es a la persona, sino su representación, a la que se aplican los principios de esta pseudociencia.

La cuestión de la herencia, actual también en la época, se retoma en la novela: Dorian ha heredado la belleza de su madre, mientras que James Vane lo odia porque es un aristócrata como su padre. Aunque ignora que éste nunca se casó con su madre, James rechaza instintivamente la clase social de Dorian.

LA NOVELA REFLEJADA EN EL RETRATO

El cuadro que representa a Dorian se puede interpretar como un relato interno de la misma novela. La relación entre Dorian y su relato por un lado y la de Wilde y su novela por otro representan interesantes similitudes:

- para Dorian, el retrato es una conciencia exteriorizada. Los excesos que no se ven en su rostro eternamente inocente se reflejan en el cuadro: por eso lo esconde. De esta forma, su vida social es un éxito total, pero el cuadro termina siendo su perdición cuando intenta destruirlo;

- para Wilde, que al ser homosexual llevaba también una doble vida, *El retrato de Dorian Gray* contiene alusiones a lo que ha tenido que esconder en sociedad. Aunque Wilde las atenuó en 1891, se utilizaron contra él en su juicio por homosexualidad en 1895. Su novela causó también en cierto sentido su desgracia (la única diferencia con su vida era que Wilde nunca habría querido deshacerse de su perdición).

PISTAS PARA LA REFLEXIÓN

ALGUNAS PREGUNTAS PARA PROFUNDIZAR EN SU REFLEXIÓN...

- ¿Cómo interpreta la novela? ¿Qué significado tiene para usted la muerte de Dorian? ¿Cuál es el papel del retrato?
- Describa la filosofía de Lord Henry. ¿En qué puntos coincide con la de Wilde?
- Ponga ejemplos de pasajes en los que la paranoia de Dorian le parece descrita de forma gótica.
- La búsqueda de la belleza en todas sus formas puede volver al esteta insensible a todo lo demás. ¿En qué aspecto son Dorian y Lord Henry insensibles? ¿Tienen límites?
- ¿Cómo explicaría que muchas personas (en particular Basil) en presencia de Dorian y bajo el efecto de su encanto rechacen creer los rumores que corren sobre él?
- Ponga ejemplos de fragmentos en los que se asocia el arte al artificio y aparece opuesto a la vida real.
- En el prefacio, Wilde escribe «No existen tales cosas como libros morales o inmorales. Los libros están bien escritos o están mal escritos. Eso es todo». ¿La novela confirma el pensamiento del autor? Justifíquelo.
- Compare *El retrato de Dorian Gray* con el mito de Fausto. ¿Dorian hace un pacto con el diablo? Arguméntelo.
- ¿Qué dice la novela sobre los prejuicios sociales de la época de Oscar Wilde?

PARA IR MÁS ALLÁ

EDICIÓN DE REFERENCIA

- Wilde, Oscar. 2003. *El retrato de Dorian Gray*. Traducido por Beatriz Torreblanca. Madrid: Valdemar.

EDICIÓN DE REFERENCIA

- Mighall, Robert. 2003. Introducción de *The Picture of Dorian Gray*, de Oscar Wilde. Londres: Penguin, colección *Penguin Classics*.

EN RESUMENEXPRESS.COM

- Guía de lectura de *El fantasma de Canterville* de Oscar Wilde.